D0549146

L'Œil du toucan

DU MÊME AUTEUR
CHEZ LE MÊME ÉDITEUR

Le Peuple fantôme, 1996.
Le Rêveur polaire, 1996.
Chasseurs de rêves, 1997.

CHEZ D'AUTRES ÉDITEURS

Une vie de fée, Michel Quintin, 1996.
L'Argol et autres histoires curieuses, Michel Quintin, 1997.
L'Assassin impossible, Hurtubise HMH, 1997.
L'Araignée souriante, Hurtubise HMH, 1998.
Piège à conviction, Hurtubise HMH, 1998.

Laurent Chabin

L'Œil du toucan

Boréal

Les Éditions du Boréal remercient le Conseil des Arts du Canada, ainsi que le ministère du Patrimoine et la SODEC pour leur soutien financier.

Illustrations : Rémy Simard.

© Les Éditions du Boréal
Dépôt légal : 1er trimestre 1998
Bibliothèque nationale du Québec

Diffusion au Canada : Dimedia
Distribution et diffusion en Europe : Les Éditions du Seuil

Données de catalogage avant publication (Canada)

    Chabin, Laurent, 1957-

    L'Œil du toucan

    (Boréal junior ; 55)

    Pour enfants du niveau primaire.

    ISBN 2-89052-884-7

    I. Titre. II. Collection.

PS8555.H17O34	1998	jc843'.54	c98-940015-8
PS9555.H17O34	1998		
PZ23.C420e	1998		

I

Ce soir, c'est une veillée télé. Une veillée télé pour les grands. On présente *Les Oiseaux*. C'est un film qui fait peur, un film pour les parents seulement. Alors les deux enfants, après le repas, ont été envoyés au lit. Et les parents, confortablement installés dans leurs fauteuils, les pieds dans leurs pantoufles, se préparent à passer une bonne soirée.

Les Oiseaux, c'est un vieux film en noir et blanc. Ça ne peut pas intéresser des enfants. Raison de plus, ont dit les parents, pour qu'ils aillent se coucher. Romain et Sylvain ont donc dû quitter le salon, à regret, aller se laver les dents, mettre leur pyjama, se glisser dans leurs lits et dormir.

Dormir? Pas vraiment. C'est dur de dormir quand il y a un bon film à la télé, surtout quand c'est un film qu'on n'a pas le droit de voir. Alors Romain et Sylvain se tournent et se retournent dans leurs lits sans trouver le sommeil.

Leurs chambres sont l'une à côté de l'autre, et leurs portes restent habituellement ouvertes toute la nuit. Chacun entend donc le froissement des draps de l'autre, ainsi que ses soupirs.

— Tu dors, toi? demande Romain à voix basse, au bout d'un moment.

— Non, fait Sylvain. Et toi?

— Bien sûr que non, répond Romain. Je ne dors pas puisque je te parle!

C'est plus fort que lui. Il faut absolument que Romain soit désagréable avec son frère quand il lui parle. C'est qu'il a près de quatre ans de plus que lui, et il ne rate pas une occasion de lui marquer cette supériorité.

Ce soir, pourtant, c'est différent. Les

deux frères sont unis par le même désir. Ce film, ce vieux film, soi-disant, qu'ils ne doivent pas voir, ils voudraient bien le voir, justement.

Un film qui s'intitule *Les Oiseaux*, ç'a sûrement été fait pour eux, pour des enfants. C'est qu'ils aiment ça, les oiseaux. Alors pourquoi en sont-ils privés ? Pourquoi sont-ils punis, comme ça, sans raison ? Ils n'ont pourtant rien fait ! Non vraiment, ce n'est pas juste.

Romain reprend, toujours à voix basse :

— Et si on allait voir quand même… juste le début ?

— Mais on n'a pas le droit ! répond son frère en se redressant sur un coude.

— Non, bien sûr, mais si on ne fait pas de bruit, suggère Romain, ils ne verront rien…

Sylvain hésite encore un peu, mais c'est trop dur de résister à la tentation. Et puis s'il ne vient pas, son frère va encore le traiter de poule mouillée.

Finalement, ils se lèvent tous les deux et, à tâtons, dans le plus grand silence, ils se glissent hors de leurs chambres. Ils passent dans le couloir comme deux ombres, puis ils arrivent à l'escalier qui descend au salon.

En bas on entend déjà la musique du film. Et puis des bruits, des voix… Le film débute. Les parents sont vautrés dans leurs fauteuils. Sur l'écran, l'histoire est un peu longue à démarrer, ça commence comme un bête film sentimental. Mais bientôt, sans raison, voilà qu'une mouette, une simple mouette, une gentille mouette, attaque l'héroïne du film.

C'est parti ! Les parents sont pris par l'intrigue. Leurs yeux sont rivés à la télé. Et ils ne voient pas que, derrière eux, dans la pénombre, deux autres paires d'yeux sont également fixées sur l'écran depuis un bon moment.

Ces yeux sont ceux de Romain et de Sylvain, bien sûr. Ils sont assis côte à côte sur une marche de l'escalier. Ils bâillent un peu.

C'est vrai que le film n'a rien de passionnant pour des enfants. Mais plutôt que de l'admettre, plutôt que d'avouer que les parents ont raison (une fois de plus !), les deux frères préfèrent se laisser hypnotiser par l'interminable défilement des images.

Et puis, finalement, ça devient tout de même intéressant. Les oiseaux du film ne sont pas ceux auxquels ils s'attendaient. Ce sont des oiseaux ordinaires, pourtant, des oiseaux de tous les jours. Du moins en apparence. Des mouettes, des moineaux, des corbeaux…

Oui, mais quand les moineaux se mettent à dévaster une maison et à en briser les vitres, c'est une autre histoire. Et quand les corbeaux donnent l'assaut à l'école, quand ils attaquent les enfants à grands coups de bec sur la tête, là, il n'est plus question de se contenter de voir le début du film. Là, c'est de l'action ! Il faut rester jusqu'au bout.

Et pourtant, quelle peur ! Ces oiseaux, ces gentils oiseaux, se sont soudain transformés en monstres. Ils se jettent férocement sur les gens, sur les voitures, sur les maisons. C'est horrible ! Sylvain met ses mains sur ses yeux pour ne plus voir. Romain aussi, mais, lui, il écarte quand même un peu les doigts de la main gauche.

Ça n'arrête plus, maintenant. Moineaux, corbeaux et mouettes sèment la terreur dans la petite ville où se déroule l'histoire, ils massacrent tous ceux qui n'ont pas pu trouver un abri. Ils détruisent même la cabine téléphonique et la pompe à essence. Et pour finir, ils assiègent la maison où se sont réfugiés les héros du film.

Sylvain est blotti contre son frère. Il n'en mène pas large. Les cris des oiseaux lui suffisent. Il n'a même plus besoin de les voir pour être terrifié, et il préfère garder les mains sur les yeux. Quant à Romain, il ne regarde la fin du film qu'entre deux doigts, en se mordant les lèvres pour ne pas crier.

Aucun des deux frères n'ose parler. C'est tout juste s'ils peuvent respirer.

Aucun des deux n'ose avouer à l'autre qu'il est mort de peur. Ils restent là sans un geste sur leur marche d'escalier, pétrifiés, les oreilles emplies de féroces cris d'oiseaux.

Cependant, tout à la fin du film, les habitants de la maison osent enfin sortir au petit jour. Le silence est revenu, ils avancent au milieu de milliers d'oiseaux menaçants mais immobiles comme des statues. Alors les enfants en profitent pour rejoindre leurs lits et se réfugier sous leurs couvertures.

Bientôt ils entendent le déclic de l'interrupteur de la télé, puis le bruit des pas de leurs parents dans l'escalier. Il fait noir.

Quand les parents passent la tête par l'embrasure de leurs portes, avant d'aller se coucher, Romain et Sylvain font semblant de dormir pour ne pas aggraver leur cas. Mais la nuit se termine pour eux dans un sommeil agité, ponctué d'horribles froufrous d'ailes et de grattements de pattes.

II

Dès le lendemain matin, la vie reprend son cours. Il fait beau, l'air est tiède, même l'école n'a pas l'air si abominable que ça ! Tous ces oiseaux de malheur se sont enfuis avec la nuit. Il ne reste qu'un beau soleil, et dans le jardin de jolies mésanges ou des geais qui ne feraient sûrement pas de mal à une mouche.

Bien sûr, Sylvain sursaute encore lorsqu'un merle se pose tout près de lui, ou quand un pigeon s'envole soudain dans son dos. Mais il rit presque aussitôt de sa peur. Enfin, il essaie. Après tout, il n'a que cinq ans, et à cet âge-là il n'est pas facile de se raisonner. Il a encore un petit frisson chaque fois qu'il voit un oiseau.

Romain, de son côté, ne se prive pas de lui faire peur à tout propos, pour le plaisir de le voir sauter en l'air. Il s'approche derrière lui en silence, puis, d'un seul coup, il se met à frapper à toute vitesse sur ses cuisses pour imiter des battements d'ailes, en faisant frrrrrrrrrr ! Et Sylvain sursaute pendant que son frère s'enfuit en riant aux éclats.

— Idiot, imbécile, stupide ! crie Sylvain tout en se remettant de sa frayeur.

Il est toujours très vexé quand son grand frère lui fait ce genre de farce. Mais heureusement cela ne dure pas. La peur des oiseaux disparaît assez rapidement, et quelques jours de beau temps suffisent à effacer les dernières traces de ce cauchemar à plumes.

« Après tout, les oiseaux sont des oiseaux, pensent-ils, rien de plus. » De gentils petits oiseaux qui pépient et qui volettent dans les arbres du jardin. Il y en a des bruns, des rouges et des jaunes. Des corneilles noires, des geais bleus ou gris, des mésanges et des rouges-gorges…

Dans la chambre des parents, le toucan lui-même est resté l'animal familier qu'il a toujours été : un grand toucan de bois découpé, peint et articulé, suspendu au plafond par un fil de nylon.

Il y a des années que ce toucan se balance au bout de son fil invisible, au gré des courants d'air. C'est leur grand-père qui l'a fabriqué de ses propres mains et qui l'a offert à la famille. Maintenant il en fait partie, il la suit dans tous ses déménagements.

Bien sûr, leur père rouspète de temps en temps contre lui. Surtout lorsqu'il donne un grand coup de tête dans son gros bec pointu parce qu'il n'a pas fait attention en passant. Il repart alors en se frottant le front et en marmonnant des injures.

Et pourtant, dans chaque nouvelle maison, le grand toucan de bois est une des premières choses que les parents installent dans leur chambre, juste au milieu. C'est un peu la divinité protectrice de la maison, c'en est le gardien silencieux.

Son gros œil rouge, son gros bec rouge sont aussi inoffensifs que le bois et la peinture dont ils sont faits. Et pourtant…

L'autre soir, en filant dans leurs chambres après le film, il a bien semblé aux deux enfants que cet œil leur lançait un regard plein de colère. De colère? Drôle d'idée. Mais c'est fini, maintenant. Au grand jour, cet œil n'est rien d'autre que ce qu'il est depuis toujours : un rond de peinture rouge vif sur une planchette de bois léger.

Il y a des oiseaux partout dans cette maison, c'est une passion de la famille. Dans la bibliothèque, sur les murs, sur les tee-shirts. Mais ce sont des oiseaux libres ou imaginaires. Des oiseaux de bois, de carton ou de papier. Il n'y a pas de cage ici. Ni les parents ni les enfants ne

supporteraient qu'on enferme un oiseau ou qu'on l'attache à un perchoir.

Quelquefois, cependant, Sylvain pourchasse les moineaux dans le jardin avec une salière. Son frère lui a raconté qu'on peut attraper les oiseaux en leur mettant du sel sur la queue !

C'était une blague, bien entendu, mais Sylvain a beaucoup d'imagination, et il ne fait pas toujours la différence entre les rêves et la réalité.

Et quand il a répandu plus d'un kilo de sel dans toute la maison, samedi dernier, spécialement dans la bibliothèque pour faire sortir les oiseaux des livres, il n'a jamais voulu admettre qu'il venait de faire une bêtise.

C'est une attitude qui exaspère ses parents, mais Sylvain ne s'en préoccupe pas. Ce qui lui a semblé beaucoup plus digne d'intérêt, c'est la réaction du toucan de bois : lorsqu'il a voulu lui saupoudrer la queue de sel, l'oiseau s'est brusquement retourné et il a failli lui donner un coup de son gros bec sur la tête. Il n'y avait pourtant pas le moindre courant d'air dans la maison…

Sylvain a été très inquiet. Il a longuement regardé le toucan, qui maintenant se balançait mollement au bout de son fil, mais il n'a rien osé dire à personne.

Le plus passionné, en matière d'ornithologie, c'est Romain. Il a accumulé une impressionnante collection de livres, d'affiches et de statuettes représentant des oiseaux, ses oiseaux favoris : les rapaces. Tous les rapaces du monde habitent dans sa bibliothèque.

Sur une étagère au-dessus de son bureau trône même une superbe statuette d'aigle en cristal. C'est un oiseau magnifique, aux ailes largement déployées, que ses parents lui ont offert pour son dernier anniversaire. C'est l'orgueil de sa collection, il en est très fier.

Son trésor ne s'arrête pas là. Il conserve

aussi précieusement toutes les plumes qu'il a pu ramasser dans la montagne au cours de ses promenades, ou dans les zoos, où il prend parfois des risques, malgré les interdictions, en entrant la main et le bras dans les cages.

Sylvain, lui, quand il ne court pas après les moineaux du jardin, préfère les perroquets, les merles ou les mainates. Les oiseaux parleurs, quoi. Il tient de longues conversations avec eux, quand il les découvre au hasard des pages d'un livre.

On l'entend souvent le soir, dans son lit, leur poser des questions ou répondre aux leurs. Ou bien il s'amuse à dessiner un ara multicolore, splendide, et quand le dessin est terminé, il se met à discuter avec lui !

Il y met tellement de cœur que, parfois, les parents sont désolés de constater que l'oiseau ne répond pas. Mais Sylvain ne s'arrête pas à ce détail, qu'il juge insignifiant. Il croit à ce qu'il fait, et cela lui suffit.

Et si un jour ses parents voyaient l'animal s'envoler de la feuille de papier en jacassant, ils ne s'en trouveraient peut-être pas vraiment surpris…

III

La sérénité est donc revenue, après l'épouvantable film de l'autre jour. Les oiseaux sont seulement des oiseaux. Ils n'attaquent personne et le toucan, au-dessus du lit des parents, n'est qu'un jouet en bois tout à fait anodin. Romain et Sylvain peuvent jouer comme avant dans leurs chambres, sans se sentir observés, loin du regard des adultes.

Ils jouent à toutes sortes de jeux, ils inventent des mondes, ils font et défont des personnages, ils tirent la queue du chat. Et ils font des dessins sur les murs.

Les dessins sur les murs, c'est rigoureusement interdit, bien sûr. Sylvain ne comprend pas du tout pourquoi. Les adultes s'extasient à tout propos devant des empreintes de mains sur les parois des grottes préhistoriques, non ? Alors il se demande franchement pourquoi les traces de ses mains à lui, sur le mur blanc au-dessus de son lit, provoquent de telles crises de la part des parents.

C'est vrai, ça. On en voit dans tous les journaux, des grottes avec des dessins et des empreintes de mains sur les murs. Les journalistes vont les prendre en photo, les savants se déplacent et font des études très sérieuses là-dessus. Sylvain est scandalisé. Pourquoi toutes ces histoires parce que lui, il fait la même chose ?

Mais enfin, il le sait, que c'est interdit. Et cette grosse marque, là, juste au-dessus de son lit, faite d'un mélange de confiture et de chocolat, il sent bien que ses parents vont la lui reprocher dès qu'ils la verront. Ils vont crier, c'est sûr.

Tant pis, ils n'avaient qu'à ne pas le priver de dessins animés ce soir sous prétexte qu'il n'a pas voulu finir ses petits pois. C'était injuste. Il a horreur des petits pois, et les parents le savent bien.

Ah, c'est comme ça ! Alors voilà, tout à l'heure, dans la pénombre de sa chambre, avant d'aller se laver les mains et de mettre son pyjama, il a fortement plaqué sa main sur le mur, sa main pleine de confiture et de chocolat, dans un geste plein de hargne. Na !

Aussitôt il regrette, bien sûr. Sylvain est ainsi. Il regrette toujours, *après*. Mais après, c'est trop tard. La bêtise est faite, et il sait bien que tôt ou tard les parents vont s'en apercevoir. Ils sont malins, les parents. Ils voient toujours tout. C'est à croire qu'ils ont des yeux partout !

Que faire, maintenant ? Il faudrait nettoyer tout ça. À toute vitesse il passe dans le couloir pour aller dans la salle de bains. Et il sursaute : par la porte entrouverte de la chambre des parents, un œil le regarde. Un

gros œil rouge, furieux et réprobateur. Il se précipite dans la salle de bains et ferme la porte derrière lui.

Il reste assis un moment sur le rebord de la baignoire. Son cœur bat très vite. Que s'est-il passé? « Voyons, ce n'est pas possible, pense-t-il, j'ai dû rêver. » De telles choses n'existent pas, ça n'a pas de sens. Sylvain se frotte les yeux, il soupire, puis il ouvre le robinet du lavabo pour se laver les mains.

Bon, ce n'est pas tout, ça. Il s'agit de faire disparaître les traces de chocolat sur le mur, rapidement et sans se faire remarquer. Avant de sortir, il prend une serviette qu'il trempe dans l'eau. Puis il ouvre doucement la porte et jette un coup d'œil dans le couloir. Personne! C'est le moment. Il fonce vers sa chambre.

La porte de la chambre des parents est toujours entrouverte, mais il ne tourne pas la tête. Il baisse les yeux et passe rapidement.

Ça y est! Il est dans sa chambre, et il ne lui est rien arrivé. Rien? Il n'en est pas

certain, maintenant, mais il lui semble bien
que, au moment où il est passé devant la
chambre des parents, il a entendu un batte-
ment d'ailes !

Sylvain secoue la tête d'un air incrédule.
Allons, il ne faut pas se laisser impression-
ner. Le temps presse. Il grimpe sur son lit et
il plaque la serviette sur la tache de chocolat. Il frotte très fort, en faisant de grands
cercles. Ouf ! Ils ne verront rien, cette fois.

Mais voilà qu'en retirant la serviette, il
s'aperçoit qu'au lieu de nettoyer le mur il
n'a fait qu'étaler du chocolat partout. Horreur ! C'est pire qu'avant ! Comment faire,
maintenant ? Il faut mouiller la serviette de
nouveau, il faut recommencer.

Sylvain repart vers la salle de bains en
courant, mais cette fois il n'y arrive pas. Au
beau milieu du couloir il s'arrête, paralysé.
Il n'y a plus de doute : le toucan le regarde.
Son œil rouge flamboie de colère dans la
demi-obscurité. Sylvain devient blême, ses
genoux tremblent. Il laisse tomber la ser-

viette mouillée à ses pieds et se jette dans l'escalier en courant.

Une fois en bas, il ne dit rien. Il va s'essuyer les mains dans la cuisine, il s'assoit dans un coin et il n'ouvre pas la bouche de toute la soirée.

Les parents sont bien contents de le voir si sage, ce soir. Ils vont sûrement lui faire un gros câlin. Oui, sans aucun doute ils le feront, mais quand ils vont monter, tout à l'heure, et découvrir la peinture murale au-dessus de son lit, ce sera une autre histoire !

Pour l'instant il préfère ne pas y penser. Il reste assis dans la cuisine, sans bouger, sans parler, jusqu'à ce que son grand frère monte à son tour. Aïe aïe aïe ! La fessée qui l'attend !

IV

Tout au long de la semaine suivante, Sylvain évite de faire des bêtises, mais c'est difficile. Très difficile. Il ne sait pas. Il ne sait pas comment on fait pour ne pas faire de bêtises. C'est plus fort que lui. Les bêtises sortent de lui avec la même régularité que poussent ses cheveux ou ses ongles.

Et maintenant, c'est pire qu'avant. Chaque fois qu'il fait une bêtise, il a l'impression que le toucan de bois l'observe. L'oiseau tourne au bout de son fil de nylon pour le suivre du regard. Sylvain n'ose plus passer devant la porte de la chambre des parents.

À plusieurs reprises, ces derniers jours, il a essayé de discuter avec son grand frère. Habilement. Il n'ose pas lui dire franchement que chaque fois qu'il fait une bêtise, le toucan le voit et le fusille de son œil rouge. Romain se moquerait de lui, c'est certain.

Romain se moque toujours de lui, du haut de ses neuf ans. Les grands frères sont ainsi, ils se moquent des petits. Sylvain mange pourtant comme quatre pour grandir plus vite, pour devenir le plus grand, mais plus il grandit, plus son frère grandit, lui aussi. C'est désespérant! Il ne le rattrapera donc jamais?

Il ne peut cependant pas rester dans cette incertitude. Romain n'a pas l'air d'avoir remarqué quoi que ce soit à propos du toucan. Un soir, Sylvain n'y tient plus. Il lui demande:

— Dis, Romain, heu… eh bien, hem…

Romain relève le nez de son livre, avec

un air vaguement interrogatif, se demandant pourquoi son frère le dérange encore.
Sylvain reprend :

— Voilà, est-ce que tu crois que les
toucans peuvent regarder les gens ?

— Évidemment qu'ils peuvent, quelle
question ! Ils ont des yeux, non ?

— Oui, mais je veux dire… les toucans
de bois, par exemple, est-ce qu'ils peuvent,
eux aussi ?

Romain laisse tomber son livre. Il
prend d'abord un air étonné, puis il se met
à ricaner :

— Bien sûr que les toucans de bois peuvent regarder les gens. Ils ne font que ça toute la journée. Ils vont même au cinéma !

Sylvain reste muet. Il a bien l'impression que son frère se moque de lui, mais il n'en est pas vraiment sûr.

Évidemment, Romain n'en fait jamais, lui, des bêtises. Enfin, presque jamais. Alors peut-être que le toucan ne l'a encore jamais regardé. Sylvain jette un coup d'œil par en dessous à son frère, méfiant. Peut-être qu'il est le seul à savoir…

Il a pourtant demandé à plusieurs de ses amis, à l'école, si chez eux aussi il y avait un toucan qui les regardait. Personne ne lui a répondu. Tous l'ont regardé en riant ou se sont sauvés en faisant semblant de battre des ailes et en criant cui cui cui !

Il ne trouve donc personne avec qui partager son secret. C'est pourtant un secret bien lourd, d'être le seul à savoir que ce banal toucan de bois est en réalité un terrible espion. Et au bout du compte Sylvain se retrouve seul, sans aide, face à cet oiseau qui le persécute.

Il en perd le sommeil, il devient distrait, il ne sait plus ce qu'il fait. Et voilà qu'un soir, dans la salle de bains, il se rend soudain compte que pour se laver les mains il a utilisé du dentifrice, au moins quinze centimètres de dentifrice ! Il devine déjà l'œil rouge du toucan qui va se poser sur lui quand il va sortir de la salle de bains.

C'en est trop. Il se précipite les yeux fermés dans l'escalier, au risque de se rompre le cou, pour atterrir sur les genoux de sa mère qui digérait tranquillement dans un fauteuil du salon.

Celle-ci est très étonnée de voir surgir son fils aussi brusquement, lui qui est si calme depuis quelque temps. Elle considère son air hagard et se demande ce qui a bien pu l'effrayer à ce point-là et le jeter dans ses bras.

Mais elle connaît son rejeton comme si elle l'avait fait — ce qui est le cas, d'ailleurs !

— et elle devine rapidement que si Sylvain vient se pelotonner contre elle ainsi, sans rien dire, c'est sans doute parce qu'il a fait une grosse bêtise.

Pourtant, ce soir-là, le souper était excellent et elle se sent pleine d'indulgence. Elle sourit, le prend dans ses bras et le serre contre sa poitrine pour lui faire un gros câlin.

Elle porte un joli tricot en mohair, très doux. Un tricot qu'elle aime beaucoup, avec un petit oiseau bariolé brodé sur le

cœur, un oiseau si joli qu'on dirait parfois qu'il va s'envoler… Enfin Sylvain se sent en sécurité, et il se laisse aller avec confiance dans les bras maternels.

Mais à peine les a-t-elle refermés sur lui que l'enfant saute en l'air en hurlant. Sa mère n'a pas le temps de s'expliquer ce brusque changement d'humeur, elle n'a pas le temps de s'irriter de cette inconstance : déjà Sylvain s'est enfui dans sa chambre en hurlant comme un fou : « Il m'a piqué ! Il m'a piqué ! »

Les parents se regardent, incrédules, en se demandant ce qui a bien pu le piquer, effectivement, quelle mouche, quel scorpion, quelle bête à mille pattes ?

Là-haut, assis à son bureau en train de lire, Romain rigole en voyant son frère surgir dans sa chambre et se recroqueviller sous son lit comme s'il avait vu un fantôme.

— Alors, c'est encore ton toucan ? plaisante-t-il.

Sylvain ne répond pas. Il regarde avec méfiance la statuette de l'aigle qui se tient fièrement sur la petite étagère, au-dessus du bureau de son frère. Il se sent observé, il ose à peine parler. Enfin il finit par murmurer :

— Non, pas le toucan. C'est l'oiseau du chandail de maman, l'oiseau en tissu. Il m'a donné un coup de bec…

Romain le considère un instant, indécis, puis il replonge son nez dans son livre en se demandant si son frère n'est pas devenu complètement fou.

Les parents sont restés en bas, c'est l'heure de leur feuilleton à la télévision et ils ne pensent plus à autre chose. Et ce soir-là, Sylvain ne fait plus aucune bêtise.

V

Le lendemain, Sylvain se montre beaucoup plus calme que d'habitude. Il se méfie de la moindre chose qui pourrait ressembler à un oiseau, et qui pourrait le regarder, le piquer ou lui faire des remarques désobligeantes.

Il fait ses devoirs sagement, il ne mange plus avec ses doigts, il ne fait pas pipi dans la litière du chat, il n'essaie pas de démonter la calculatrice de son père pour voir comment ça marche…

Romain, en revanche, sent comme une petite bête qui lui trotte dans la tête. C'est vrai qu'il ne fait pas souvent de bêtises, il aurait même tendance à penser que son frère en fait assez pour deux. Mais de temps en temps ça le prend malgré tout, comme si un petit vent de folie soufflait entre ses oreilles.

Ce soir, par exemple, alors qu'il vient de terminer ses devoirs tranquillement, il a fait un trou dans le mur, avec le poinçon de son canif. Un gros trou, au-dessus de la plinthe, juste à côté de sa bibliothèque, un trou béant qui laisse tomber du plâtre sur la moquette.

Quelle idée ! Un trou dans le mur ! Il le sait bien, que ce n'est pas une chose à faire, il le sait bien, que c'est strictement interdit.

Romain se rend compte soudain qu'il a fait une gaffe, comme si la petite bête, dans son cerveau, venait juste de sortir et de lui libérer l'esprit. Vite, vite, il faut reboucher le trou, le camoufler. Comment ? Tiens, derrière les livres, par exemple…

Les livres ! Au moment où il esquisse un geste vers les rayonnages pour saisir un grand album sur les plus beaux oiseaux du monde, il entend un concert de battements d'ailes, de piaillements, de sifflets et de cris stridents. Dans un vacarme de volière en furie, tous ses livres dégringolent à terre, et l'aigle de cristal émet un cri aigu. Puis le silence revient.

Que s'est-il passé ? Sa bibliothèque entière est éparpillée sur la moquette, tout autour de lui. C'est incompréhensible. Aucune étagère n'est cassée, les rayonnages sont parfaitement stables. On dirait véritablement que les livres se sont jetés d'eux-mêmes sur le sol. *D'eux-mêmes !* Ma parole, il devient fou, comme son frère !

Romain regarde son aigle, interloqué. L'oiseau n'a-t-il pas poussé un cri strident, dominant tout ce bruit de basse-cour ? Il reste pourtant incrédule. Il pense qu'il a dû rêver. Et cependant, tous ces livres par terre, dans un désordre indescriptible…

Romain remarque alors Sylvain à la porte de sa chambre, immobile, en train de

le regarder. Il secoue la tête et lui demande brusquement :

— Qu'est-ce que tu fais là ? Tu ne m'as jamais vu ?

— Bien sûr que oui, je t'ai déjà vu, mais tu pourrais faire un peu moins de bruit, papa et maman vont encore dire que c'est moi.

Puis il ajoute, après un court silence :

— Ils ne t'intéressent plus, tes livres ? Tu les jettes ? Moi, si tu veux, je les prends.

Romain ne répond pas. Il se lève en bougonnant, envoie son frère s'occuper de ses affaires, et se dirige vers la salle de bains pour se passer un peu d'eau sur le visage. En passant devant la chambre des parents, sans s'arrêter, il lance un coup d'œil machinal au toucan qu'il aperçoit, plumes hérissées, par l'entrebâillement de la porte.

Plumes hérissées ? Romain s'immobilise, comme frappé par un coup de fouet. Il se frotte les yeux et fait un pas en arrière.

Il regarde de nouveau. Non, ce n'est qu'un toucan de bois, le vieux toucan de tous les jours, inoffensif, dont le seul plumage est un vernis à bois sans vie ni mouvement.

Bizarre, bizarre…

VI

Pendant les jours qui suivent, les deux
enfants se montrent exceptionnelle-
ment calmes. Ils ne se disputent pas, on ne
les entend plus se lancer des gros mots.
Leurs devoirs ont l'air de se faire tout seuls.

Les parents sont contents et se rengor-
gent. « Les enfants se décident enfin à grandir, pensent-ils. C'est bien. Notre *excellente*
éducation porte donc ses fruits. » Cependant, leur joie n'est pas complète. Un doute
se glisse soudain au milieu de leur satisfac-
tion et obscurcit leur joie passagère.

Car enfin, *pourquoi* les enfants sont-
ils si sages ? Ça n'est pas normal, dans le
fond. A-t-on déjà vu des enfants sages ? Ne

couveraient-ils pas plutôt quelque maladie ? Un nouveau virus est-il apparu, une nouvelle épidémie ? Des enfants sages, non, vraiment, plus ils y pensent, plus cela leur paraît invraisemblable.

Que faire, toutefois ? Ils ne peuvent pas aller consulter le médecin de famille en lui disant : « Docteur, nous sommes inquiets : les enfants sont sages ! » Le médecin penserait que ce sont eux qui sont malades.

Finalement, les parents décident de ne pas s'alarmer outre mesure. Après tout, si leurs enfants sont sages, c'est étrange mais c'est bien pratique. Il y a si longtemps qu'ils ne sont pas sortis seuls le samedi soir ! Alors, puisque les enfants ont l'air d'être sur la bonne voie, pourquoi ne pas en profiter ?

Une petite soirée en tête-à-tête, oui, ils en ont bien envie. Alors c'est d'accord. Samedi prochain, les enfants resteront à la maison et les parents iront au restaurant tout seuls, comme deux amoureux. Et de part et d'autre, la semaine se passe dans une délicieuse impatience.

Le samedi soir arrive enfin. Les enfants ont soupé de bonne heure, ils se sont lavé les dents et ont mis leur pyjama sans broncher. On se fait de gros câlins, on vérifie que tout est bien en ordre, on répète les recommandations d'usage :

— Vous serez bien gentils, vous ne vous disputerez pas, vous ne vous coucherez pas trop tard, vous ne ferez pas de bêtises, vous...

— Oui maman, non maman, oui maman, non maman, répondent les enfants en chœur.

Et maman bien maquillée, sentant bon, et papa tout frétillant derrière un nœud de cravate particulièrement réussi, ouvrent enfin la porte. Ils la franchissent, ils la referment.

Sagement assis dans les fauteuils du salon, Romain et Sylvain écoutent attentivement les bruits. Clic, clic, la clé dans la serrure. Toc, toc, toc, les talons dans l'allée du jardin. Teuf, teuf, teuf, vroooooooum, la voiture qui s'éloigne dans la rue. Et puis plus rien. Le silence. Enfin seuls !

Il y a au début un petit moment de flottement. Les enfants n'ont pas l'habitude. Mais enfin ils se rendent compte : seuls ! tranquilles ! LIBRES ! Le magnétoscope pour eux tout seuls, le frigo pour eux tout seuls, les fauteuils pour eux tout seuls. Quelle fête ! Quelle ivresse !

Sylvain se met à sauter sur le canapé en chantant. Romain déniche tout au fond du plus haut placard de la cuisine un pot de crème au chocolat dissimulé derrière des boîtes de soupe aux brocolis. Sylvain ne tarde pas à s'en apercevoir et à réclamer sa part.

— Pas question, fait Romain. C'est moi qui l'ai trouvé, c'est pour moi tout seul !

Ça y est. La guerre est déclarée. Sylvain se met à crier et à courir dans la cuisine en essayant de prendre le pot à son frère. Mais celui-ci est plus rapide et il s'échappe vers le salon. Sylvain l'y rejoint et, bien sûr, cinq minutes ne s'écoulent pas sans que le beau canapé blanc se trouve maculé de traces de chocolat. Romain hurle :

— C'est de ta faute, je dirai que c'est toi ! Imbécile !

— Imbécile toi-même ! T'avais qu'à m'en donner !

— Stupide !

— Idiot !

Et paf !

Romain vient d'envoyer une claque retentissante à son frère. C'est souvent ainsi que ça se termine. Sylvain n'est pas de taille. Quatre ans de différence, quatre ans de moins, c'est dur, c'est vraiment très dur. Il le sait, hélas ! Alors, ravalant ses larmes, il se détourne et il file vers l'escalier qu'il monte quatre à quatre.

Là-haut, il entre dans la chambre de son frère, cherchant un moyen de se venger. Depuis plusieurs jours, Romain a

commencé un grand casse-tête sur son bureau. Des heures et des heures de travail. Sylvain sourit. D'un grand mouvement du bras, il balaie les petites pièces cartonnées et il les éparpille dans la chambre.

Au salon, quand Sylvain est parti, Romain a savouré un instant sa victoire. Mais rapidement un sixième sens l'a rappelé à l'ordre. Que peut bien faire son frère là-haut, tout seul ? Il boude, peut-être. Dans sa chambre. Ou peut-être que… « Mais oui, bien sûr, se dit-il. Il n'est pas dans SA chambre. Il est dans LA MIENNE ! »

Romain se jette dans l'escalier, et bien entendu il trouve Sylvain dans sa chambre, triomphant parmi les pièces répandues de son beau casse-tête. Furieux, il se précipite sur lui, mais Sylvain l'évite en grimpant sur son lit. Aussitôt il organise sa défense en se faisant un rempart avec les couvertures.

L'excitation est à son comble. Les deux garçons commencent à se lancer des coussins, puis les animaux en peluche, et les livres, et les boîtes de jeux, et les robots en plastique…

La chambre ressemble à une volière dans laquelle on aurait jeté un pétard. Et ce qui devait arriver finit par arriver : l'aîné, au comble de l'exaspération, ne sachant plus quoi envoyer à la tête de son frère, saisit brusquement la statuette de l'aigle et la lance violemment vers lui.

Alors l'espace de la chambre est déchiré par un cri étourdissant. Un sifflement strident, aigu, coupant comme une lame de rasoir ! Le cri d'un aigle en colère ! Et soudain se produit une chose incroyable : au beau milieu de la pièce, l'oiseau de cristal étend ses ailes, il fait brusquement volte-face et il fond sur Romain, toutes serres dehors.

Les deux enfants sont horrifiés. Subitement réconciliés face au danger qui les menace, ils se jettent à terre côte à côte, la tête enfouie sous les oreillers répandus sur le sol.

Au-dessus d'eux, c'est un concert de battements d'ailes, de claquements de becs, de cris perçants. Des livres de Romain se sont envolés tous les rapaces de tous les pays du monde : des aigles royaux, des condors des Andes, des balbuzards, des harfangs, des vautours fauves, des harpies féroces…

Le ciel de la chambre disparaît sous cette nuée d'oiseaux en furie, le vacarme est assourdissant, les plumes volent en tempête. Et au-dessus de la mêlée, enfin libéré de son fil de nylon, tournoie l'énorme toucan aux yeux rouges de fureur.

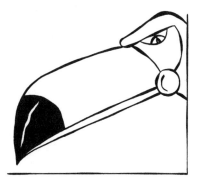

VII

Un peu avant minuit, après un excellent souper en tête-à-tête, les parents rentrent à la maison. Ils ont l'air assez gais. Papa sifflote entre ses dents, maman soupire en essayant de retrouver le goût des choux à la crème.

Tout est calme. Pour ne pas risquer de réveiller les enfants, ils n'allument pas dans le salon. Ils n'ont donc pas l'occasion de voir les traces de chocolat sur le canapé. Pas encore.

Comme d'habitude, avant d'aller se coucher, ils vont jeter un coup d'œil dans les chambres des enfants. Ils ont un premier choc en constatant que celle de Sylvain est vide. Qu'est-ce que cela signifie ?

Affolés, le cœur battant, ils se précipitent dans la chambre voisine. Et là, quel spectacle ! Quelle pagaïe ! Quel bazar ! La pièce est jonchée de jeux et de livres aux pages déchirées, il y a des plumes partout, les draps et les couvertures ont volé dans tous les sens.

« Il y a eu une bataille rangée, ici ! » se disent-ils. Ils décident pourtant de ne pas réveiller maintenant les enfants, qu'ils découvrent endormis sous un amoncellement d'oreillers éventrés et de couvertures en désordre. Mais demain, ils se le promettent, ça va chauffer !

Le dimanche matin, l'atmosphère est particulièrement pesante. Sylvain se réveille le premier. Il se demande ce qu'il fait là, par terre, à demi enfoui sous un tas de couvertures. Il met un bon moment pour comprendre qu'il ne se trouve pas dans sa chambre, mais dans celle de Romain.

Du coup il se redresse brusquement et regarde autour de lui. Quel désordre ! Il se souvient, maintenant. La bagarre, hier soir, avec son frère, et la révolte des oiseaux.

Que s'est-il passé, exactement ? C'est si confus, maintenant. Du pied, il pousse Romain pour le réveiller. Celui-ci n'est pas moins étonné de se retrouver avec son frère au milieu de ce fouillis. Les deux garçons se regardent sans oser parler. L'aigle de cristal gît sur le sol, une aile brisée.

En bas, ils entendent les parents qui prennent leur déjeuner. Le bruit des tasses leur parvient, de même que, vaguement menaçants, des murmures qu'ils n'arrivent pas à comprendre. Ils hésitent à se lever. Ils se doutent bien que les parents ont déjà dû constater l'état de la chambre et du salon, et qu'ils les attendent, dans la cuisine, pour des explications qui n'auront certainement rien d'agréable.

Ils ne peuvent cependant passer la journée dans la chambre. Finalement Sylvain se lève en premier. Il se dit qu'après tout sa chambre à lui est bien rangée, et qu'il n'a rien à se reprocher. En traversant le couloir, il est soulagé de constater que la porte de la chambre de ses parents est fermée.

À son arrivée à la cuisine, il est accueilli par un silence glacial. Les parents lui préparent son déjeuner sans dire un mot, et lui-même n'ose pas parler. Quand Romain descend, un peu plus tard, enhardi par l'absence d'éclats de voix, l'atmosphère ne change pas.

Ce n'est qu'après le déjeuner, alors que les parents ont fait signe aux enfants de les suivre dans le salon, que le silence est enfin rompu.

— Eh bien, messieurs, nous donnerez-vous maintenant quelques explications ? annonce froidement leur père sur un ton faussement cérémonieux.

Et d'un doigt éloquent, il montre le canapé maculé de taches.

— C'est pas moi! s'exclament dans un chœur parfait les deux enfants.

— Je vous remercie de votre franchise, reprend le père. Je n'en attendais pas moins de vous. Mais si ce n'est pas vous, qui est-ce, alors? Le fantôme du samedi soir?

Romain ne répond rien. Il sent bien qu'aucune réponse ne serait satisfaisante, et il devine que s'il parle de ce qui est réellement arrivé, il ne fera qu'aggraver son cas. Sylvain n'a pas ces scrupules. Il s'écrie:

— Ce n'est pas de notre faute, c'est les oiseaux! Ils se sont mis à crier et ils nous ont attaqués!

Et, d'une seule traite, Sylvain se met à raconter la soirée de la veille, avec un luxe de détails sur l'agression des oiseaux. Il n'oublie rien, sauf bien sûr l'épisode du pot de crème au chocolat et du canapé blanc.

Les parents sont stupéfaits. Ils s'attendaient à tout sauf à ça. Des oiseaux, allons bon ! Et pourquoi pas des lutins ou des éléphants roses ?

— Bien joué, Sylvain, disent-ils après avoir réfléchi un moment. Tu essaies une fois de plus de nous distraire avec tes histoires à dormir debout, mais cette fois ça ne marchera pas. Vous n'échapperez pas à la punition.

— Mais c'est vrai, se met alors à hurler Sylvain. C'est les oiseaux. Et leur chef, c'est le toucan !

Ses cris ne servent cependant à rien. Plus Sylvain en rajoute, plus les parents s'énervent devant un tel étalage de mauvaise foi de la part de leur enfant. Et puis, le silence de Romain n'est-il pas une preuve supplémentaire ?

Finalement les enfants sont priés de rester dans leurs chambres pour le reste de la journée, la visite au zoo prévue pour l'après-midi est annulée, de même que les sorties au cirque qui étaient fixées pour la semaine suivante.

— C'est tout pour aujourd'hui, concluent les parents en se levant, droits comme des I.

Et les enfants, penauds, se dirigent vers leurs chambres, la mort dans l'âme.

VIII

Jamais un dimanche n'a été aussi triste dans cette maison. Plus que jamais Sylvain se sent seul face à cette menace ailée qu'il ne comprend pas, et le refus de ses parents de l'écouter ne fait qu'accroître sa peur. Il reste là, recroquevillé sur son lit, silencieux.

De son côté, Romain est rempli de doutes. Il est seul dans sa chambre, lui aussi. Il voudrait que tout cela n'ait été qu'un cauchemar, et sa raison lui dit qu'il ne s'agissait de rien d'autre.

Pourtant, il jurerait qu'il a bien vu son aigle s'envoler, il jurerait qu'il a bien vu le toucan, dominant tous les autres, tournoyer au-dessus d'eux en jetant des cris perçants.

Il jette un regard incrédule à la statuette de l'aigle, brisée sur la moquette. Ce n'est qu'un simple objet en cristal, sans vie, sans couleur. Puis il examine ses livres, toujours éparpillés sur le sol. Toutes ces belles photographies d'oiseaux sont figées sur le papier glacé, comme elles l'ont toujours été.

Enfin il se lève et il tente d'apercevoir, de l'autre côté du couloir, l'intérieur de la chambre de ses parents. Hélas ! la porte est fermée et il ne peut rien voir. Il soupire.

Au bout d'un moment, n'entendant aucun bruit en bas, il se glisse discrètement dans la chambre de son frère. Il trouve Sylvain effondré sur son lit. Celui-ci a l'air inquiet et, pour une fois, il ne dit rien même si son frère vient d'entrer chez lui sans y avoir été invité.

— Dis donc, murmure enfin Romain après un long silence, qu'est-ce qui s'est passé avec le toucan ? Qu'est-ce que tu as vu, exactement ?

Sylvain lui fait signe de se taire.

— Chhhhhhut, fait-il. Pas si fort. Il va nous entendre. Il voit tout, il sait tout. C'est un espion.

— Qu'est-ce que c'est que toute cette histoire ? reprend Romain, qui commence à s'énerver. Tu ne crois pas que tu exagères un peu ?

— Je n'exagère pas du tout. Ça fait plusieurs jours qu'il nous observe. C'est lui qui voit quand on fait des bêtises, et tous les oiseaux lui obéissent. On ne peut plus rien faire, maintenant. Tu as vu son œil ? Rien ne lui échappe.

Romain ne répond pas. Il ne sait plus quoi penser. Est-ce que son frère aurait raison ? Mais c'est impossible, voyons. Il n'a plus l'âge de croire à de pareilles sornettes. Et pourtant, pourtant…

De retour dans sa chambre, Romain décide de faire un peu d'ordre avant que les parents n'interviennent. Il regarde ses livres avec méfiance. Il ne croit pas à tout ça, bien sûr, il est grand, lui. Mais tout de même…

Il y a un vieux coffre à jouets, sous son lit. Il ne s'en sert plus depuis longtemps, mais cela lui donne une idée. Il tire le coffre, le vide des quelques jouets qui y traînaient encore, et il se met à y empiler rageusement tous les livres.

Puis, après une brève hésitation, il y ajoute l'aigle, dont il ne prend pas la peine de recoller l'aile cassée. Sa collection de plumes, qu'il sort d'un tiroir de son bureau, prend le même chemin, ainsi que toutes ses affiches qu'il entreprend d'enlever du mur.

Au bout d'une heure il ne reste plus un oiseau dans sa chambre, ni rien qui rappelle les oiseaux. Il referme le coffre avec précaution et il le repousse sous son lit.

Enfin il a une dernière idée. Il va fouiller dans un des tiroirs de son bureau, il en sort un cadenas dont il n'avait jamais su quoi faire, et il verrouille soigneusement le coffre. La clé, il la glisse dans son porte-monnaie, qu'il met dans sa poche, sous son mouchoir.

IX

Les vacances arrivent enfin. Les enfants se sont bien conduits et les parents ont oublié leurs reproches.

Le toucan est toujours suspendu dans leur chambre, Romain et Sylvain l'aperçoivent quelquefois, lorsque la porte est ouverte. Ils lui jettent un regard rapide et méfiant, mais le toucan ne bronche pas. Son œil rouge n'est qu'un petit rond de peinture sur du bois, tout à fait insignifiant.

Sylvain a encore un léger serrement de cœur chaque fois qu'il passe devant cette porte, mais Romain, lui, rit maintenant de sa naïveté lorsqu'il lui arrive de repenser aux oiseaux vengeurs. Quel enfantillage !

Quand il pense qu'il a entassé tous ses livres dans une malle fermée à clé ! Comment a-t-il pu se laisser prendre à ce conte invraisemblable ?

Les sorties à la montagne vont bientôt reprendre, et il songe qu'il ferait mieux de remettre les livres à leur place. Les grands migrateurs ne vont pas tarder à revenir du sud, il y aura des tas d'observations à faire et il aura besoin de toute sa documentation.

Une après-midi que les parents sont sortis faire des achats, il entreprend donc d'ouvrir son vieux coffre à jouets et de déballer son trésor. Il retrouve avec plaisir sa statuette mutilée. « Pauvre aigle, pense-t-il, je ne peux pas le laisser comme ça ! »

Aussitôt il s'installe à son bureau et se met en devoir de recoller l'aile brisée. Sylvain, qui vient d'apparaître dans l'embrasure de la porte, le regarde avec inquiétude.

— Qu'est-ce que tu fais, Romain ?

— Ça ne se voit pas, non ? fait celui-ci

d'un ton sec. Fiche-moi donc la paix, je travaille.

— Tu ne devrais pas faire ça. Les oiseaux nous ont laissés tranquilles depuis un bon bout de temps, tu ne devrais peut-être pas les ressortir.

— Écoute, reprend Romain, tes histoires d'oiseaux, c'est pour les bébés. Si les oiseaux nous laissent tranquilles, tant mieux. Tu n'as qu'à faire comme eux.

— Et le toucan, alors ?

Romain pousse un soupir excédé.

— Le toucan ? Tu vas voir ce que j'en fais, de ton toucan.

Il se lève et se dirige vers la chambre des parents. La porte est entrouverte. Le toucan est là, immobile. Romain pousse la porte et entre d'un pas décidé dans la chambre. Il grimpe sur le lit sans enlever ses chaussures et là, tout en dansant et en gesticulant, il se met à chanter d'une voix forte :

— Toucan gnangnan, toucan charlatan, toucan, c'est rien que du vent !

— Arrête, tu es fou! s'écrie Sylvain, saisi de crainte.

Aussitôt il grimpe à son tour sur le lit pour essayer d'en faire descendre son frère. L'affrontement tourne bientôt à la bagarre, et couvertures et oreillers se mettent à voler.

Romain continue à chanter et à sauter sur le lit, tout en repoussant son frère. Et soudain Sylvain perd l'équilibre. Il tombe sur la table de nuit de sa mère, entraînant dans sa chute sa superbe lampe de chevet en porcelaine, celle qui lui a été offerte pour son dernier anniversaire.

Alors retentit un horrible cri qui leur déchire les tympans, et Romain n'a pas le temps d'éviter le toucan qui s'abat sur lui en le frappant au front d'un violent coup de bec.

X

Au même instant, en bas, la porte s'ouvre. Les parents reviennent. En approchant de la maison, il leur a bien semblé entendre du bruit en haut, mais ils sont surpris maintenant par le silence inhabituel qui règne à l'intérieur.

Leur étonnement se transforme en inquiétude lorsqu'ils voient Romain apparaître au bas de l'escalier, blême, avec du sang sur le front. Ils se précipitent sur lui, l'entourent, le font asseoir, le soignent tout en lui demandant ce qui lui est arrivé.

Romain ne répond pas tout de suite. Plus que la douleur, l'horreur de ce qui s'est passé le tourmente. Mais il voit bien qu'il ne peut rien raconter à ses parents. Non seulement ils ne le croiront pas, mais ils se mettront en colère et le puniront deux fois plus pour avoir inventé de pareils mensonges.

Quand il a entendu la porte s'ouvrir, après l'attaque du toucan, son cœur a fait un bond. Encore sous le choc, il n'a pas eu le temps de réfléchir à sa défense. La table de nuit était renversée, la lampe de chevet brisée, et le toucan gisait sur le sol, inerte. Il a simplement ordonné à son frère, d'un ton sans réplique :

— Toi, tu ne dis rien !

Puis, tout en descendant lentement l'escalier, il a commencé à mûrir son plan. Maintenant, il est au point. Romain prend alors une toute petite mine, un visage d'ange blessé, pendant que sa mère lui rafraîchit doucement le front avec un linge mouillé, et il raconte :

— En passant dans le couloir, tout à l'heure, j'ai vu que le toucan, dans votre chambre, avait une drôle d'allure. Je me suis approché et il m'a semblé que le fil était sur le point de se casser. J'ai voulu monter sur votre lit pour le décrocher et le réparer, mais j'ai perdu l'équilibre et je suis tombé. Ma tête a cogné la table de nuit et je me suis blessé. Je… je crois même que la lampe de chevet est tombée, elle aussi.

Romain se tait. Il guette les réactions de ses parents. Va-t-on le croire? Il sait à quel point sa mère tient à sa lampe. Mais, pour une mère, que vaut une lampe cassée face au front sanguinolent de son enfant? Aussitôt elle l'entoure de ses bras et elle lui murmure :

— Tu as bien fait. Ce n'est rien, tu vas vite guérir. Repose-toi, maintenant.

Romain remonte dans sa chambre. Son astuce a marché. Pour cette fois il s'en est tiré avec un mensonge, mais combien de temps cela pourra-t-il durer? Les parents ont cru à son histoire mais, lui, il sait maintenant que ce toucan n'est pas qu'un simple assemblage de planchettes. Il faudra prendre une décision.

Allongé sur son lit, il entend les parents discuter à voix basse dans leur chambre. Il distingue la voix de son père qui grogne :

— Cet oiseau de malheur, aussi ! Ça devait arriver un jour ou l'autre. Depuis le temps que je me prends la tête dedans ! Un de ces quatre matins, je vais le flanquer au feu…

Au feu ? Romain frémit. En voilà une bonne idée ! Hélas ! il sait bien que ce n'est

pas vrai, il sait bien que jamais son père ne se séparera de cet oiseau, et qu'il y mettra encore moins le feu.

Le toucan sera réparé et suspendu au bout d'un fil neuf, voilà tout. Et tant qu'il restera là, les enfants n'auront pas un moment de répit.

XI

La situation ne peut pas continuer ainsi. Le soir même, Romain se glisse dans la chambre de son frère. Sylvain sursaute en le voyant arriver comme ça, sans un bruit, dans le noir. Romain le rassure d'un geste et lui fait signe de se taire. Il murmure :

— Ne fais pas de bruit, c'est très important.

— Qu'est-ce qui se passe ?

— Rien. Rien pour l'instant, en tout cas. Mais il faut tenir un conseil de guerre. Ça ne peut pas durer, on ne peut plus rien faire dans cette maison sans que le toucan se déchaîne. Il faut faire quelque chose.

— Mais quoi? demande Sylvain.

— Eh bien, je crois que ça ne suffit pas d'enfermer les oiseaux de la maison dans un coffre. C'est le toucan qui mène la danse, c'est lui qu'il faut faire disparaître.

Sylvain frissonne. Il est bien d'accord, mais tout de même. S'attaquer au toucan en personne lui semble une entreprise colossale et extrêmement dangereuse. D'ailleurs, qui sait si en ce moment il n'est pas en train d'écouter, qui sait s'il ne va pas surgir dans la chambre et se lancer sur eux en poussant des cris épouvantables?

— Et puis il faudra entrer dans la chambre de papa et maman, et il nous verra sûrement arriver. Il ameutera tous les autres, et ils vont se jeter sur nous et nous donner des coups de bec et de griffes.

Romain hésite. Effectivement, tout cela lui semble dangereux, mais que faire d'autre? Il ne sait pas comment cet oiseau a pu prendre vie, ni comment il peut commander les autres, mais force est de constater qu'il le fait.

— Écoute, poursuit-il d'une voix à peine audible. Je crois que j'ai une idée. Il y a des allumettes dans la cuisine. Il faut le brûler !

Cette fois, Sylvain ne répond pas. Il ouvre de grands yeux dans la pénombre, et sa bouche, si elle s'ouvre elle aussi, ne laisse sortir aucun son. L'audace de son frère l'effraie. Est-ce que Romain deviendrait fou ? Il jette un regard inquiet sur la porte de la chambre, sur le couloir sombre, rempli de menaces.

Dès le lendemain matin, pendant le déjeuner, Romain dévisage son frère, comme s'il attendait une réponse à sa proposition de la veille.

Sylvain est mal à l'aise. Troublé, il renverse son bol de céréales sur la table et répand du lait partout. Il frémit. Ce n'est pourtant pas sa mère qu'il craint, renverser un bol, ce n'est rien. Mais l'image du toucan qui sait tout et entend tout ne le quitte plus, et il se sent paralysé, guettant un bruissement d'ailes vengeur.

La tension est trop forte. Il ne peut plus supporter cette présence inquiétante du matin au soir. Romain a raison. Il faut détruire l'oiseau.

Sylvain fait un signe de tête à son frère. Alors, profitant de ce que sa mère a le dos tourné, Romain allonge le bras vers le tiroir entrouvert, il saisit la boîte d'allumettes et il la glisse discrètement dans sa poche.

Pendant toute la matinée, les deux frères arborent des airs de conspirateurs. Leur mère pense qu'il s'agit d'un nouveau jeu et, puisque ce jeu n'est pas bruyant, elle ne s'en inquiète pas outre mesure. Elle a cependant toujours l'œil sur eux, et à aucun moment Romain n'a la possibilité de mettre son plan à exécution.

Dans sa poche, la boîte d'allumettes le démange. Il a l'impression qu'elle le brûle. Il n'ose pas non plus s'approcher de la chambre des parents, il sent que le regard du toucan percerait sa poche et dénoncerait le complot par un long cri strident.

Les deux enfants en sont donc réduits à tourner en rond tout au long de la journée. Toutes leurs pensées sont absorbées par leur projet, et il leur paraît que si rien ne se passe d'ici ce soir, ils vont se laisser aller à faire une grosse bêtise. Et la matinée, puis l'après-midi se passent ainsi sans que la tension se relâche un seul instant.

En fin de journée leur père revient

enfin. Les enfants sont presque heureux de cette diversion, mais d'un autre côté ils perdent ainsi toute occasion de mener à bien leur machination.

C'est alors que, contre toute attente, la chance tourne. Au lieu de se précipiter comme d'habitude sur ses pantoufles, leur père, jovial, annonce qu'il rapporte une surprise. Tout le monde accourt, les enfants en oublient même le toucan.

Mais leur enthousiasme retombe aussitôt qu'ils voient la surprise en question. Ce n'est pas un jouet, c'est un arbre ! Ce n'est qu'un arbre, un arbre tout petit, rabougri, même. Tu parles d'une surprise !

Il est vrai que ce n'était pas une surprise pour eux. C'était une surprise pour leur mère, qui adore les plantes, et qui sort immédiatement avec son mari pour planter le jeune arbre dans le jardin.

Sylvain en est encore à digérer sa déception quand son frère se rend compte que l'occasion qu'ils ont attendue en vain toute la journée vient enfin de se présenter. Vite ! Il n'y a pas un instant à perdre.

Les voilà qui grimpent l'escalier quatre marches à la fois. Arrivés dans le couloir, ils s'arrêtent brusquement. Là, ça devient sérieux. Ils avancent pas à pas, méfiants. Sylvain reste derrière son frère, pas trop à l'aise. Au moment où ils vont franchir la porte de la chambre, il retient même Romain par sa chemise.

— Et si on redescendait, plutôt, tu ne crois pas que ce serait mieux ?

— Dis plutôt que tu as peur, rétorque Romain. Si tu veux, tu n'as qu'à rester ici et faire le guet.

Sylvain ne se le fait pas dire deux fois. L'estomac noué, il se plante devant la porte tandis que son frère pénètre à l'intérieur.

Le toucan est bien là, immobile au bout de son fil. Il a l'air de dormir. Romain le regarde d'un air de défi, mais l'oiseau ne bronche pas.

Il respire un grand coup, puis il fait le

dernier pas. Ça y est ! Il se trouve juste au-dessous du toucan. L'oiseau ne bouge toujours pas.

Romain hésite un instant. Il se sent un peu bête de s'attaquer ainsi à un simple morceau de bois. Mais il est trop tard pour reculer.

Le cœur battant, il craque enfin une allumette. Il est nerveux. Trop nerveux. Il n'y arrive pas. Il essaie encore. Deux allumettes sont déjà par terre, brisées.

La troisième est la bonne. La flamme jaillit en faisant pschhhhhh, et Romain se tient là, surexcité mais encore rempli de doutes.

« Qu'est-ce que je suis en train de faire ! se dit-il en comprenant brusquement la folie de son geste. C'est de l'inconscience ! Je risque de mettre le feu à toute la maison, je deviens complètement fou ! »

L'allumette a presque fini de brûler. Romain s'aperçoit qu'il va se griller les doigts, mais il est trop tard. La flamme lui mord

cruellement les doigts et, dans un geste incontrôlé, il envoie en l'air le bâtonnet incandescent.

Allons! Ce n'est pas le moment de perdre la tête. Vivement il ramasse les débris d'allumettes tombés sur la moquette et il sort précipitamment de la chambre.

Sylvain est tout effrayé de le voir surgir de là comme un diable, mais, sans poser de questions, il suit son frère qui fonce dans sa chambre.

— Alors? Tu l'as fait? demande-t-il, anxieux.

— Si j'ai fait quoi? grogne Romain.

— Eh bien, le toucan, le feu… Tu l'as brûlé?

— Tu es fou! reprend Romain dont le cœur bat encore à tout rompre. Tu t'imagines que j'allais mettre le feu à la maison?

Sylvain ne répond pas. Il ne comprend pas l'attitude de son frère, il se demande ce qui se passe. Ils restent silencieux un long moment.

Machinalement, Romain compte les petits morceaux d'allumettes qu'il tient dans sa main. Un, deux… Quelque chose lui semble anormal, mais quoi ?

Tout à coup, Sylvain fait remarquer :

— Dis donc, tu ne sens rien ?

Romain relève la tête et se met à renifler.

— Oui, fait-il. On dirait… Ça sent…

Il bondit sur ses pieds.

— Ça sent le brûlé ! hurle-t-il.

Alors tout va très vite. Les garçons s'élancent dans le couloir. Par la porte de la chambre des parents, ils aperçoivent les flammes qui dévorent le toucan de bois.

Romain saisit immédiatement. L'allumette qu'il a lancée sous le coup de la douleur n'est pas retombée sur le sol. Elle a atterri sur une aile de l'oiseau, et le vernis dont il est enduit s'est enflammé comme de l'essence.

Les flammes bondissent comme des bêtes. Les garçons n'ont que le temps de voir le fil de nylon fondre et le toucan tomber dans un jaillissement d'étincelles. Romain comprend l'énormité de la bêtise qu'il vient de commettre, mais il est trop tard.

Déjà le feu se propage à une vitesse incroyable. La chambre est en flammes, la fumée s'échappe en grosses volutes noires par la porte et la fenêtre.

Les deux frères se précipitent dans l'escalier en hurlant. Et soudain, il leur semble entendre, au milieu de leurs propres hurlements et du grondement des flammes, un épouvantable cri de détresse et de colère.

XII

Le lendemain, tout le quartier est en émoi. La peur est passée, maintenant, mais le trouble demeure.

Fort heureusement, les pompiers sont intervenus très vite et l'incendie a été maîtrisé avant d'avoir pu s'étendre. L'étage supérieur est très endommagé, mais la maison reste habitable et la famille n'aura pas besoin d'être relogée.

Quand les parents ont aperçu la fumée et les flammes par la fenêtre de la chambre, hier soir, et que les enfants ont surgi dans le jardin, échevelés, sentant la fumée, l'émotion a été si forte qu'ils n'ont pas songé à poser de questions.

Sylvain s'est réfugié dans les bras de sa mère et Romain s'est dissimulé derrière elle, comme s'il essayait encore de se protéger de quelque chose. Mais l'affolement et la terreur sont si compréhensibles dans un cas pareil que les parents n'ont pas soupçonné une seconde que les enfants pouvaient avoir quelque chose à cacher.

Tout à la joie de voir que leurs enfants étaient saufs, les parents n'ont songé qu'à se réjouir de ce que le malheur n'ait pas été plus grand.

Le profond silence dans lequel leurs fils sont plongés ne les étonne pas. « Quoi de plus normal ? pensent-ils. Ils sont encore sous le choc, il faut les laisser se reprendre lentement, sans les brusquer. »

Romain et Sylvain, de leur côté, sont à la fois stupéfaits et soulagés par cette réaction. Ils s'attendaient tellement à une punition exemplaire, terrible, que les soins et l'affection dont on les entoure les rendent muets.

Romain surtout n'en revient pas. À

peine avait-il commis son geste que déjà il voyait les plus horribles châtiments s'abattre sur lui. Il imaginait la juste colère des parents et, pire encore, celle du toucan. Car tandis qu'il dévalait l'escalier parmi la fumée, il aurait juré qu'il avait entendu un cri strident et des battements d'ailes désespérés.

Et maintenant, recroquevillé sur le canapé du salon, alors que les parents s'activent en haut pour réparer le plus gros des dégâts, il se demande s'il a vraiment voulu tout cela. Toute cette catastrophe pour un simple oiseau?

Quelques jours plus tard, assis au soleil dans le jardin, Romain et Sylvain osent enfin reparler de l'événement. Dans la maison, les travaux sont presque terminés, et dès ce soir ils pourront de nouveau dormir dans leurs chambres.

Ils n'ont pas eu le droit d'y monter, jusqu'ici, mais ils savent qu'il ne reste rien de leurs jeux, de leurs livres, de leurs affiches.

D'un côté, cela les rassure. Ils préfèrent que rien ne leur rappelle les oiseaux qui, pour eux, sont sans aucun doute la cause de tout ce qui est arrivé.

Mais ils se demandent quand même s'il est aussi simple de faire disparaître un oiseau, lorsqu'il s'agit d'un oiseau surnaturel. Le toucan a-t-il véritablement brûlé ? Et si c'est le cas, n'est-ce pas pire encore ? Et si c'était son fantôme, maintenant, qui venait les hanter ?

XIII

Plusieurs mois ont passé. Les vacances d'été ont été merveilleuses. Les parents sont de bonne humeur. Le souvenir de l'incendie qui a failli coûter la vie à leurs enfants s'efface peu à peu, et ils sont simplement heureux de les voir en bonne santé.

Les enfants, eux, ont retrouvé dans une certaine mesure leur bonne humeur. Aucun toucan, ni aucun volatile d'aucune sorte, n'est venu troubler leurs jeux depuis longtemps, et au fil des jours ils commencent à oublier ce cauchemar.

Il est vrai qu'ils se sont beaucoup assagis. Ils se disputent moins, ils aident plus volontiers les parents dans les tâches ménagères. Depuis la rentrée scolaire, ils font même leurs devoirs sans trop rouspéter.

Le toucan? Quel toucan? Toute cette histoire ne leur semble plus très réelle aujourd'hui, elle leur fait plutôt l'effet d'un mauvais rêve, d'un malaise passé auquel ils ont donné un corps, et qui leur a échappé le temps d'une saison.

L'automne est là, avec ses belles couleurs, et le fantôme d'hier a disparu comme une brume. Ils en rient maintenant, tout cela est si loin.

Tout en arrosant le jardin, en cette fin d'après-midi, Romain s'amuse à imiter le bruit d'un bec qui claque. Sylvain éclate de rire, puis il se met à courir tout autour de son frère en agitant ses bras comme des ailes. Au moment où il passe près de lui, Romain lui lance une grande giclée d'eau en lui criant:

— Disparais, toucan!

Sylvain réplique en lui lançant un bout

de bois qu'il ramasse par terre. Raté! Il se baisse pour chercher autre chose.

Romain devine cette nouvelle attaque. Il arrose délibérément son frère, qui se met à pleurer et se sauve en cherchant des pierres pour les lui jeter à la figure.

Ça recommence! Très vite le ton monte. Ce qui n'était qu'un jeu menace de dégénérer en une bataille impitoyable. Les coups vont bientôt pleuvoir.

Mais soudain, Romain s'immobilise, paralysé par la peur. Au-dessus de lui, une ombre vient de passer. Les yeux au ciel, les bras ballants, il laisse l'eau couler à ses pieds, inondant ses chaussures.

Intrigué, Sylvain abandonne également ses cailloux et il lève les yeux à son tour. Un frisson le parcourt des pieds à la tête.

Là-haut, tout là-haut, très loin au-dessus de la maison, plane un gigantesque oiseau noir.

Le soleil est bas sur l'horizon et l'oiseau est trop loin pour qu'on puisse en distinguer l'espèce, mais par moments, lorsque son vol tournoyant l'éloigne vers l'est, on voit nettement son œil énorme jeter un vif éclair rouge et plein de colère dans le crépuscule naissant.

Fondation éducative Le Petit Prince

MISE EN PAGES ET TYPOGRAPHIE :
LES ÉDITIONS DU BORÉAL

ACHEVÉ D'IMPRIMER EN FÉVRIER 1998
SUR LES PRESSES DE L'IMPRIMERIE AGMV MARQUIS,
À CAP-SAINT-IGNACE (QUÉBEC).